Les autres aventures
d'*Arc-en-ciel*

Arc-en-ciel, le plus beau poisson des océans
Arc-en-ciel et le petit poisson perdu
Arc-en-ciel fait la paix
Arc-en-ciel tremble de peur
Arc-en-ciel et le diamant bleu

© 2009, Éditions NordSud, FR-75005 Paris,
pour l'édition en langue française
© 2009 NordSüd Verlag AG, CH-8005 Zürich
Tous droits réservés. Loi n° 49-956 du 16 juillet 1949
sur les publications destinées à la jeunesse.
Lithographie : Repro Team AG, Bern
Imprimé en Chine
ISBN 978-3-314-21965-8
Dépôt légal : 4e trimestre 2009

Bienvenue sur notre site Internet : www.editionsnordsud.com

Marcus Pfister

Arc-en-ciel

et le mystère des fonds marins

Traduit de l'allemand
par Anne-Judith Descombey

NordSud

Dans l'océan, le banc de poissons scintillants
tourne comme un manège. Tous les poissons
mangent, jouent et s'amusent ensemble.
Tous, sauf Arc-en-ciel et le petit poisson bleu.
Les deux amis préfèrent se promener
au bord de la grande falaise.
Ici, l'océan est si profond qu'on n'en voit pas le fond.

– J'aimerais tellement savoir ce qu'il y a là-bas !
soupire Arc-en-ciel.
– Brrr... On dit que d'horribles monstres se cachent
dans ces profondeurs ! dit le petit poisson bleu.
– N'y allez surtout pas ! gronde alors la sage pieuvre Octopus.
Au pied de cette falaise, il fait terriblement froid et noir
car la lumière n'y pénètre jamais. Ce n'est vraiment pas
un endroit pour nous !
À ces mots, Arc-en-ciel et le petit poisson bleu frissonnent
et ils rejoignent bien vite les autres poissons.

Mais Arc-en-ciel ne peut s'empêcher de retourner
au bord de cette intrigante falaise.
Ce jour-là, la mer est très agitée, si agitée qu'un courant
emporte soudain sa belle écaille scintillante.
Sans hésiter, Arc-en-ciel se précipite pour la rattraper...
– Stop ! hurle le petit poisson bleu. Voyons, Arc-en-ciel,
c'est bien trop dangereux ! Tiens, prends mon écaille scintillante,
je te la donne.

Arc-en-ciel n'a cependant qu'une idée en tête :
retrouver son écaille.
– Attends-moi ici, je vais aller chercher des secours !
décide le petit poisson bleu.
Mais à peine a-t-il tourné le dos qu'Arc-en-ciel plonge
dans les noires profondeurs de l'océan.

Soudain une étrange créature rouge-orangée apparaît
et tout s'illumine.

– Bonjour, dit-elle tout étonnée à Arc-en-ciel, je suis le calmar
phosphorescent, je brille dans le noir. Et toi, qui es-tu donc ?
Je ne t'ai jamais vu par ici.

– Je m'appelle Arc-en-ciel. Moi aussi, je brillais
quand j'avais mon écaille scintillante, mais je l'ai perdue.
Est-ce que tu l'as vue ?

– Non, je suis désolé, répond le calmar, mais si tu veux,
je peux t'aider à la chercher.

C'est ainsi qu'Arc-en-ciel et le calmar partent ensemble
à la recherche de l'écaille scintillante.

Alors qu'ils descendent le long de la falaise, trois grands lampions
multicolores s'approchent d'eux en se balançant doucement.
– On fait donc la fête au fond des mers ? s'étonne Arc-en-ciel.
De plus près, il s'aperçoit que ce ne sont pas des lampions
mais trois magnifiques méduses !
– Une écaille scintillante ? Oui, nous en avons vu une qui descendait
en tourbillonnant, lui répondent-elles. Mais nous l'avons laissé filer,
nous ne savions pas que tu la cherchais.

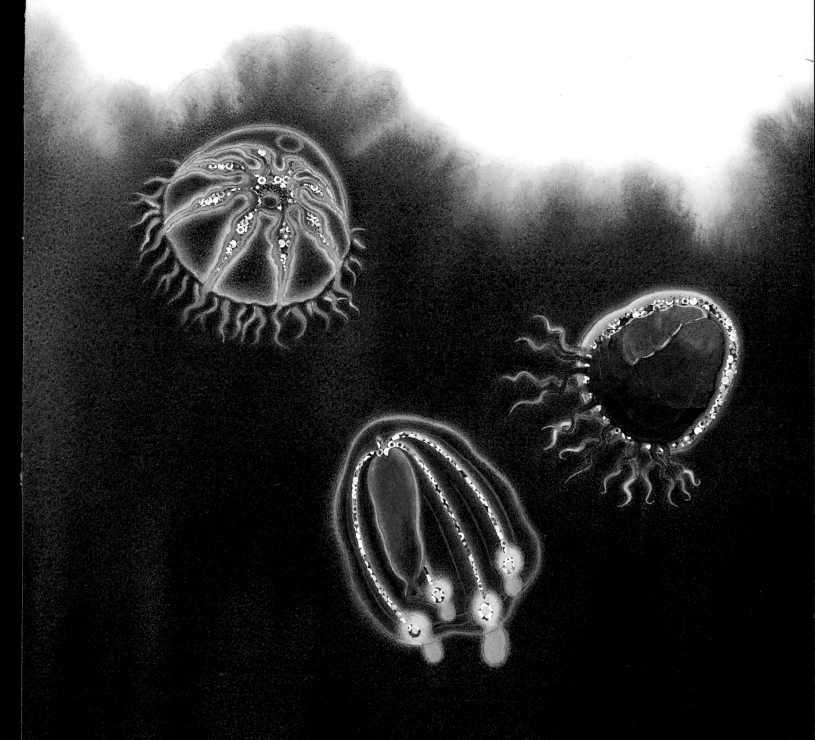

Arc-en-ciel et le calmar poursuivent donc
leur descente, quand un rideau d'un bleu-vert
chatoyant leur barre le passage.
– Attention ! s'écrie le calmar. Ce sont les tentacules
de la méduse géante ! Ne les touche surtout pas :
elles sont venimeuses !
– Bonjour, madame. Auriez-vous vu mon écaille, par hasard ?
demande timidement Arc-en-ciel. Elle brille de mille feux...
– Ici, tout brille ! gargouille la méduse. Alors pourquoi
ferais-je attention à une malheureuse petite écaille ?

– Ne t'inquiète pas, dit le calmar à Arc-en-ciel tout dépité,

nous finirons bien par la retrouver. Oh ! Regarde un peu

au-dessous de nous : c'est la danseuse espagnole !

Elle a peut-être aperçu ton écaille.

Mais la danseuse espagnole est bien trop occupée à s'admirer

pour avoir remarqué quelque chose :

sans même voir le poisson et le calmar,

elle s'éloigne, gracieuse et légère comme une bulle,

en ondulant dans sa longue robe rose.

Enfin Arc-en-ciel et le calmar arrivent au fond de l'océan.
L'écaille y est certainement tombée,
mais la lumière du calmar n'est pas assez puissante
pour bien éclairer le sol.

– Dumbo le poulpe habite par ici, dit-il à Arc-en-ciel.
Je suis sûr qu'il acceptera de nous aider.
Dumbo et le calmar éclairent de leur mieux les fonds marins.
Ils cherchent et cherchent encore, mais nulle part ils ne voient
d'écaille scintillante.

– Arc-en-ciel, j'ai une idée ! s'écrie soudain Dumbo.
Je vais t'offrir une robe de lumière !
Aussitôt, il crache une pluie de paillettes sur le poisson,
qui se met à scintiller de mille feux.
– Alors, que dis-tu de ça ? demande-t-il, tout fier de lui.
– C'est vraiment gentil de ta part ! dit Arc-en-ciel.
Cette robe est magnifique ! Mais moi, tout ce que je veux,
c'est retrouver mon écaille.

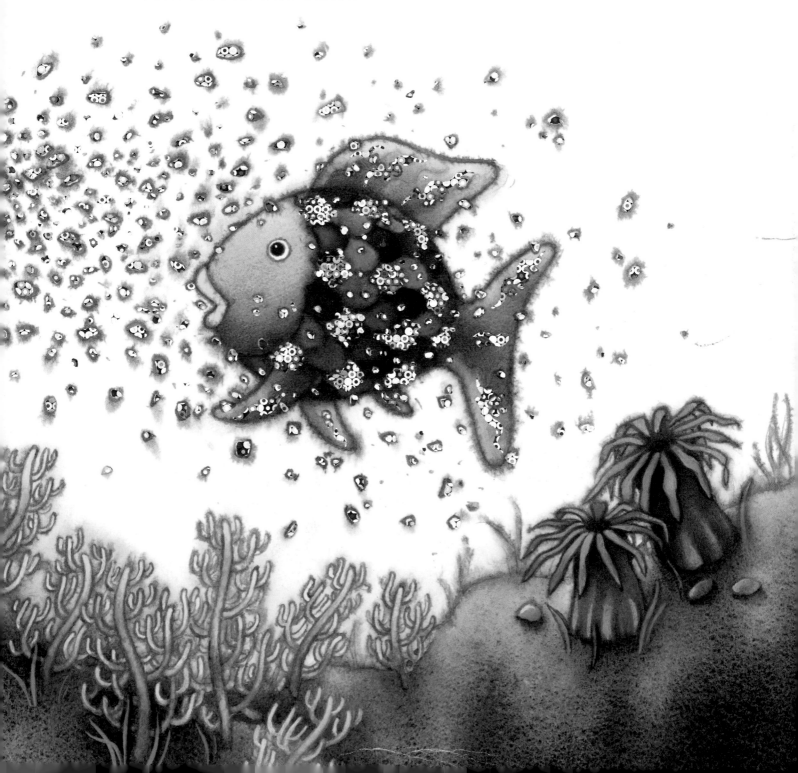

– Alors il nous faut encore plus de lumière, décide le calmar.
Et il appelle à la rescousse tous les animaux des profondeurs.
Même la danseuse espagnole dans sa robe à frou-frou
est de la partie ! Tous ensemble, ils éclairent le fond de l'océan,
mais ils ne trouvent toujours rien. Épuisés, ils finissent
par abandonner leurs recherches, quand tout à coup...
– La voilà ! hurle un petit poisson lanterne.
– Hourra ! crie Arc-en-ciel tout heureux. Merci, les amis !
Sans vous, je n'y serais jamais arrivé !

Arc-en-ciel doit maintenant dire au revoir à ses nouveaux amis,
car là-haut on s'inquiète sûrement pour lui. Vite, il remonte.
À son arrivée, le banc de poissons l'accueille joyeusement.
– Enfin, te voilà ! dit le petit poisson bleu drôlement soulagé.
Tu n'as vraiment peur de rien ! Mais dis-nous comment
c'était là-bas. Tu as vu des monstres ?
Alors Arc-en-ciel leur raconte tout : les étranges animaux
du fond des mers, leurs merveilleuses couleurs, leur gentillesse.
Fascinés, tous ses amis l'écoutent jusque tard dans la nuit.

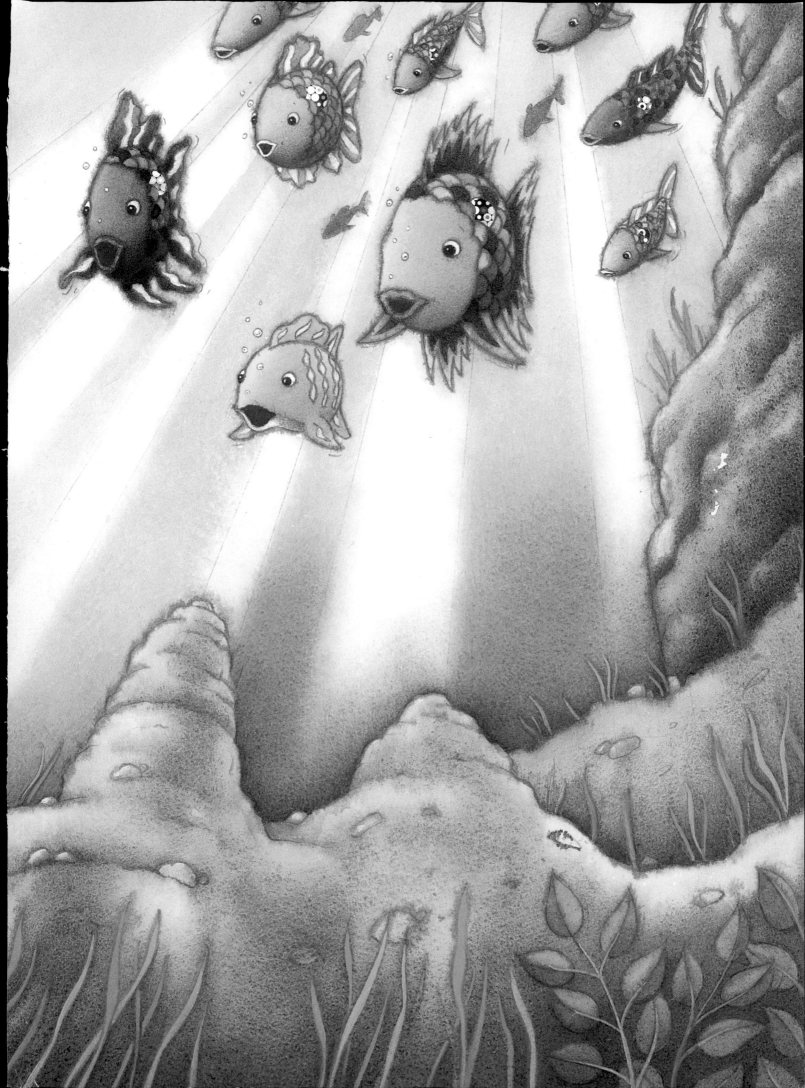